ESTRELLITA EN LA CIUDAD GRANDE

ESTRELLITA IN THE BIG CITY

Por / By Samuel Caraballo

Ilustraciones de / Illustrated by Pablo Torrecilla

Piñata Books
Arte Público Press
Houston, Texas

La publicación de *Estrellita en la ciudad grande* ha sido subvencionada en parte por la ciudad de Houston a través del Houston Arts Alliance, el Fondo Clayton y el Exemplar Program, un programa de Americans for the Arts en colaboración con el LarsonAllen Public Services Group, fundado por la Fundación Ford. Agradecemos su apoyo.

Publication of *Estrellita in the Big City* is funded in part by grants from the city of Houston through the Houston Arts Alliance, the Clayton Fund, and the Exemplar Program, a program of Americans for the Arts in collaboration with the LarsonAllen Public Services Group, funded by the Ford Foundation. We are grateful for their support.

Piñata Books are full of surprises!
¡Piñata Books están llenos de sorpresas!

Piñata Books
An Imprint of Arte Público Press
University of Houston
452 Cullen Performance Hall
Houston, Texas 77204-2004

Caraballo, Samuel.
    Estrellita en la ciudad grande / por Samuel Caraballo; ilustraciones de Pablo Torrecilla = Estrellita in the big city / by Samuel Caraballo; illustrations by Pablo Torrecilla.
        p. cm.
    Summary: Relates, in Spanish and English, a telephone conversation in which young Estrellita, who has recently moved to Brooklyn, New York, tells her grandmother, who still lives in Puerto Rico, all about her adventures in and near Manhattan.
    ISBN 978-1-55885-498-7 (alk. paper)
    [1. Immigrants—New York (State)—New York—Fiction. 2. Puerto Ricans—New York (State)—New York—Fiction. 3. Grandmothers—Fiction. 4. New York (N.Y.)—Fiction.] I. Title: Estrellita en la ciudad grande. II. Torrecilla, Pablo. III. Title.
    PZ73.C362 2008
    [E]—dc22
                                                                    2008007573
                                                                    CIP

∞ The paper used in this publication meets the requirements of the American National Standard for Permanence of Paper for Printed Library Materials Z39.48-1984.

8 9 0 1 2 3 4 5 6 7   0 9 8 7 6 5 4 3 2 1

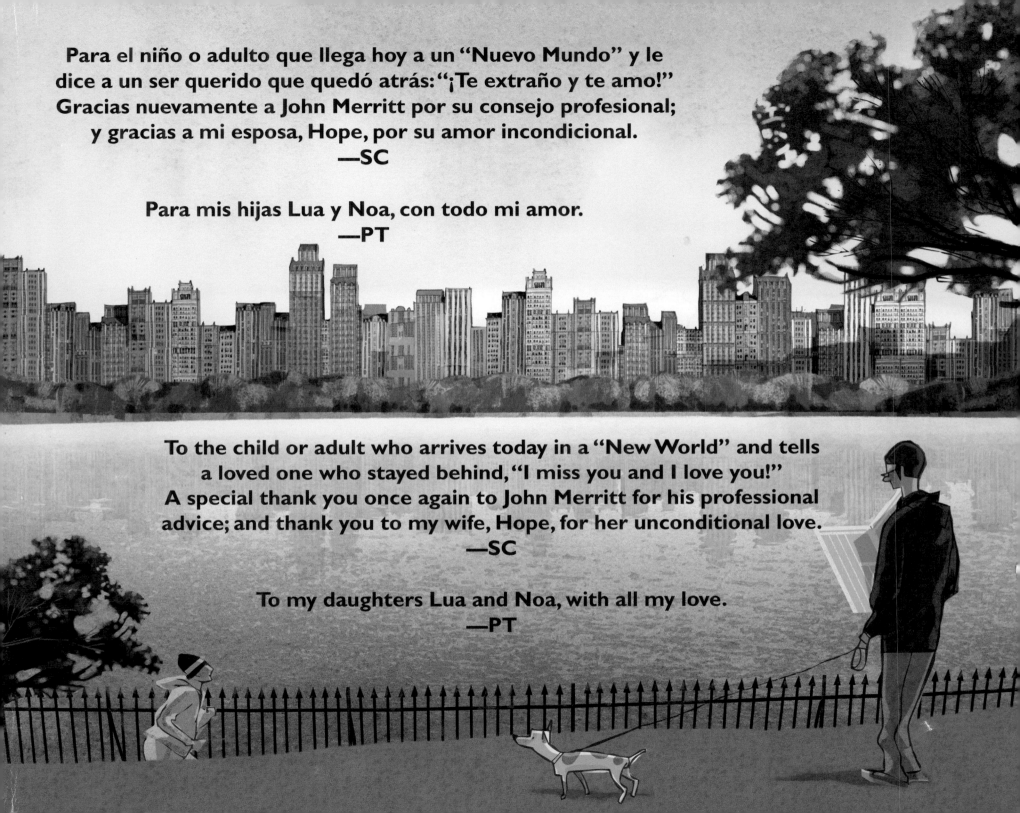

Para el niño o adulto que llega hoy a un "Nuevo Mundo" y le
dice a un ser querido que quedó atrás: "¡Te extraño y te amo!"
Gracias nuevamente a John Merritt por su consejo profesional;
y gracias a mi esposa, Hope, por su amor incondicional.
—SC

Para mis hijas Lua y Noa, con todo mi amor.
—PT

To the child or adult who arrives today in a "New World" and tells
a loved one who stayed behind, "I miss you and I love you!"
A special thank you once again to John Merritt for his professional
advice; and thank you to my wife, Hope, for her unconditional love.
—SC

To my daughters Lua and Noa, with all my love.
—PT

Estrellita estaba sentada en la orilla de la cama mirando por la ventana y esperando una llamada telefónica. Finalmente, unos días después de su llegada a Nueva York, ¡iba a escuchar la voz de su abuela Panchita!

El teléfono sonó, y lágrimas de felicidad brotaron de los ojos de Estrellita.

—Hola, Abuelita. ¡Soy yo, Estrellita! —dijo.

—Estrellita, ¡esta espera ha sido eterna! —dijo Abuela.

—¡Sí! —asintió Estrellita—. ¿Cómo estás, Abuelita?

Estrellita sat on the edge of the bed staring out the window waiting and waiting for a phone call. At last, a few days after her arrival in New York, she was going to hear Grandma Panchita's voice!

The phone finally rang, and happy tears flowed from Estrellita's eyes.

"Hola, Abuelita. It's me, Estrellita!" she said.

"Estrellita, this waiting has felt like forever!" said her grandmother.

"Yes!" agreed Estrellita. "How are you, Abuelita?"

—Estoy bien, cariño. Sigo vendiendo frituras para pagar mis cuentas. También sigo pescando. ¡Eso es lo que me mantiene joven!

Estrellita se rio. —Ay, Abuelita, ¡siempre tan graciosa!

—¿Cómo estás tú? ¿Cómo está tu papá?

—Estoy bien, Abuelita. Papá también está bien. Tuvo que salir con Tío Carlitos y Tía Luisa a una entrevista de trabajo. ¡Espera encontrar un departamento pronto!

—Estoy segura que lo hará, —dijo Abuela.

"I'm well, darling—still selling fritters to pay my bills. And I'm still going fishing—that's to keep myself young!"

Estrellita laughed. "Oh, Abuelita, you're always so funny!"

"How are you? How's your dad?"

"I'm well, Abuelita. Dad is doing okay. He had to go out with Tío Carlitos and Tía Luisa for a job interview. He hopes to find an apartment very soon!"

"I'm sure he will," her grandmother said.

—Abuelita, no puedo esperar a tener mi propio cuarto. ¿Sabes para qué? ¡Para acostarme en mi cama y soñar con el día en que te vuelva a ver!

—Ay, Estrellita, ¡vas a hacerme llorar!

Pero antes de que Abuela Panchita pudiera derramar una lágrima, Estrellita preguntó con impaciencia, —Abuelita, ¿estás lista para escuchar mis historias de Nueva York?

—Claro que sí, ¡estoy segura que tienes mucho qué contar!

"Abuelita, I can't wait to have my very own room. Do you know why? To lie in my bed and dream of that day when I get to see you!"

"Oh, Estrellita, you're going to make me cry!"

But before Grandma Panchita could shed a tear, Estrellita eagerly asked, "Abuelita, are you ready to hear my New York stories?"

"Of course. I bet you have a lot to tell!"

—Abuelita, después de nuestra llegada, mis tíos y mi prima Rosemarie nos llevaron a la Quinta Avenida en Manhattan. Ay, ¡qué aventura!

—¡Cuéntame!

—Abuelita, primero caminamos a la estación del metro. Después de entrar, esperamos que llegara nuestro tren. De repente frente a nosotros apareció un tren a toda velocidad. Después llegó otro y otro . . . Abuelita, ¡pensé que el fuerte viento del tren nos iba a lanzar por el aire!

—¿No te dio miedo?

—¡Sí, pero también fue divertido! —dijo Estrellita riéndose—. Luego por fin llegó nuestro tren. Subimos y nos sentamos. Durante el traqueteo del viaje, Rosemarie y yo nos reíamos y todos temblábamos como gelatina. Nos bajamos cuando llegamos a la siguiente parada. Allí tuvimos que esperar otro tren que nos llevaría a Manhattan.

"Abuelita, when we arrived, my aunt and uncle and cousin Rosemarie took us to Fifth Avenue in Manhattan. Oh, what an adventure!"

"Tell me all about it!"

"First we walked to the subway. After we went in, we waited for our train to come. Suddenly a train zoomed in front of us. Then came another one, and another one . . . Abuelita, I thought they were going to blow us away!"

"Oh, I bet it was scary!"

"Yes, and kind of fun too!" said Estrellita laughing. "Then our train finally came. We went in and sat down. During the bumpy ride, Rosemarie and I giggled as we all jiggled like gelatin. When we arrived at our stop, we got off. We had to wait there for the train that would take us to Manhattan."

—Pero, Abuelita, ¡esperar allí fue una delicia!

—¿Por qué?

—Porque en un quiosco compramos nuestros dulces favoritos. ¡Y allí un trío nos entretuvo con el hermoso *tin-tan-tin* de sus tambores de acero!

—¿En el metro?

—Sí, Abuelita, el metro es como una ciudad subterránea. Puedes comprar comida y escuchar a la gente tocando música día y noche. ¡Hasta puedes comprar ropa y zapatos!

—¡Qué maravilla! —dijo Abuela.

—Sí, —contestó Estrellita—. Finalmente llegó el tren y después de un largo viaje, llegamos a Manhattan.

"But, Abuelita, waiting there was a treat!"

"Why is that?"

"Because, at a magazine stand, we bought our favorite candy bars. And there, a trio entertained us with the beautiful *bing-bong-bing* of their steel drums!"

"In the subway?"

"Yes, Abuelita, the subway is like an underground city. You can buy food and listen to people perform day and night. You can even buy clothes and shoes!"

"That's amazing!" said her grandmother.

"Yes," replied Estrellita. "The train finally arrived and after a long ride, we got to Manhattan."

—Abuelita, tan pronto como subimos del metro, ¿adivina qué?

—¿Qué, mi amor?

—Allí estaba, enfrente de nuestros ojos: ¡La Quinta avenida!

—¿Verdad?

—Ay, Abuelita, era el lugar más concurrido que he visto en mi vida. La gente caminaba de arriba a abajo por las aceras. El tráfico zumbaba por todos lados. Filas de taxis amarillos bajaban y recogían pasajeros. Docenas de guaguas* se detenían y avanzaban, avanzaban y se detenían. Abuelita, ¡por todos lados escuchábamos las sirenas de las patrullas y de los bomberos!

—¡Válgame! —dijo Abuela Panchita mientras intentaba imaginarse la escena.

"Abuelita, as soon as we walked out of the subway, guess what?"

"What, sweetie?"

"There it was, in front of our very eyes: Fifth Avenue!"

"Really?"

"Oh, it was the busiest place I've ever seen. People were rushing up and down the sidewalks. Traffic buzzed in every direction. Rows of yellow cabs picked up and dropped off passengers. Dozens of buses stopped and went, went and stopped. Abuelita, we heard sirens of police cars and fire engines everywhere!"

"Oh my!" said Grandma Panchita as she tried to imagine the scene.

*autobuses

—Luego, Abuelita, mientras caminábamos por las aceras atestadas, pasando de un vendedor ambulante a otro, ¿adivina qué?

—¿Qué?

—¡Nos encontramos de frente con el edificio Empire State! Era tan, pero tan alto que ¡pensé que se iba a caer sobre mí!

—¡Válgame! —exclamó Abuela.

"Then, Abuelita, as we strolled about the crowded sidewalks, going from one street vendor to the other, guess what?"

"What?"

"We came face to face with the Empire State Building! It was SO tall that I thought it was going to fall on me!"

"My goodness!" exclaimed her grandmother.

—Abuelita, después vimos el Centro Rockefeller. Son unos grandes edificios cubiertos de vidrio de arriba a abajo. Parecían espejos gigantes. De verdad tienes que venir a ver los rascacielos. ¡Te van a impresionar!

Abuela movió la cabeza y dijo, —¡Ay, no, mi amor! Si me pones frente a uno de esos gigantes, ¡me desmayo!

—No, Abuelita —dijo Estrellita riéndose.

"Abuelita, then we saw Rockefeller Center. The huge buildings there were covered with glass from top to bottom. They looked like giant mirrors. You really have to come here to see the skyscrapers. They'll take your breath away!"

Grandmother shook her head and said, "Oh, no, sweetie! If you put me in front of those giants, I'll faint!"

"No, you wouldn't, Abuelita," said Estrellita laughing.

—Para mediodía, estábamos tan cansados y con tanta hambre que tuvimos que detenernos para descansar y para comer. Abuelita, esto te va a encantar. ¡En Manhattan hasta la comida era gigante!

—¿Comida gigante?

—Sí, en serio. Los perros calientes medían un pie de largo. Los pretzels eran tan grandes como las panderetas y ¡los vasos de refresco eran más grandes que la cubeta que usas para la carnada!

—¡Ay bendito! —dijo Abuela.

—Después de comer entramos a una tienda inmensa. Allí, Rosemarie me persiguió por los ascensores. Yo también la perseguí alrededor de los percheros y de arriba a abajo por las escaleras eléctricas. Y después de aquel largo pero increíble día, nos regresamos a Brooklyn.

—¡Estrellita, qué día tan divertido!

"By noon, we were so tired and so hungry that we had to stop to rest and eat. Abuelita, you'll love this—in Manhattan even the food was gigantic!"

"Giant food?"

"I'm serious. The hot dogs were one foot long, the pretzels as big as tambourines, and the cups of soda bigger than your bait bucket!"

"Wow!" said her grandmother.

"After we ate, we went into a huge department store. There, Rosemarie chased me in and out of the elevators. I chased her around the coat racks and up and down the escalators. And after that long but amazing day, we went back to Brooklyn."

"Estrellita, what a fun day!"

—Pero, Abuelita, eso no fue todo. Ayer por la tarde, Tío Carlitos nos llevó en su camioneta morada a El Barrio. ¿Adivina qué vimos en el camino?

—¿Qué, cariño?

—¡El Puente Verrazano!

—¿Verdad?

—Abuelita, parecía no tener fin. ¡Rosemarie dijo que es uno de los puentes colgantes más largos de todo el mundo!

—¡Increíble! —dijo Abuela.

—Tan pronto como entramos a El Barrio, llegamos a una calle donde todos hablaban español. Y escucha esto: había un restaurante llamado Rincón, ¡como uno de los pueblos en Puerto Rico!

"But, Abuelita, that's not all! Yesterday afternoon, Tío Carlitos drove us in his purple van to El Barrio. On our way there, guess what we saw?"

"What, sweetie?"

"The Verrazano Bridge!"

"Really?"

"Abuelita, it looked as if it had no end. Rosemarie said it's one of the longest suspended bridges in the entire world!"

"That's incredible!" said her grandmother.

"As soon as we got to El Barrio, we came to a street where everybody spoke Spanish. And listen to this: there was a restaurant called Rincón, like the town in Puerto Rico!"

—En el camino nos detuvimos en un puesto de frituras. Mmm ... mmm ... Abuelita, me comí una de cada una: una empanada de carne, una papa rellena y una croqueta. ¡Era como estar en tu cocina!

—Estrellita, ¡tú siempre dices las cosas más lindas!

—Después entramos a una tienda de música llamada La Casita Latina. Abuelita, allí había discos compactos de todos los cantantes y músicos latinos. Y había muchos afiches autografiados colgados del techo. Doña María, la dueña de la tienda, nos llevó al cuarto de instrumentos.

"On our way we stopped at an open-air stand that sold fritters. Mmm ... mmm ... Abuelita, I had one of everything—a meat pie, a stuffed potato, and a croquet. It was like being right there in your kitchen!"

"Estrellita, you always say the nicest things!"

"Then on our way we stopped at a music store called La Casita Latina. Abuelita, there were CDs of every Latino singer and musician. And there were lots of autographed posters hanging from the ceiling. Doña María, the owner, took us to a room full of instruments."

—Papá tomó una guitarra y empezó a tocar. ¿Adivina cuál canción tocó primero, Abuelita? ¡Es tu favorita!

—*¡Macarena!*

—No, Abuelita.

—*¡La Bamba!*

—No, Abuelita.

—*¡En mi viejo San Juan!* —dijo Abuela sonriendo.

—¡Sí! —dijo Estrellita riéndose—. Mientras Papá tocaba, Tío y Tía cantaban. Rosemarie los acompañó con un güiro. ¿Adivina qué instrumento toqué? Empieza con la "m" y termina con la "a" y ¡suena como el cascabel de una víbora!

"Dad reached for a guitar and started to play. Guess what song he played first, Abuelita? It's your favorite!"

"*¡Macarena!*"

"No, Abuelita."

"*¡La Bamba!*"

"No, Abuelita."

"*¡En mi viejo San Juan!*" said her grandmother with a smile.

"Right!" said Estrellita laughing. "And as Dad played, Tío and Tía sang. Rosemarie joined in with a *güiro*. Guess what I played? It starts with 'm' and ends with 'a' and rattles like a snake!"

—Eso es fácil. Si empieza con "m" y termina con "a" y suena como una víbora, es ¡una maraca!

—¡Sí, Abuelita! Entonces doña María cerró la tienda y se puso a cantar con nosotros. Todos cantamos y reímos hasta que el sol se escondió detrás de los rascacielos de Nueva York. Después tuvimos que irnos. Mientras salíamos de El Barrio y doña María se despedía de nosotros, pensé en ti. ¡Te extraño, Abuelita!

—¡Yo también te extraño! —dijo Abuela.

Estrellita miró el reloj y dijo, —Debo irme, Abuelita. Le prometí a Papá que terminaría de desempacar antes de que él regresara a casa.

"That's an easy one. If it starts with 'm' and ends with 'a' and rattles like a snake, it's a *maraca!*"

"Yes, Abuelita! Then Doña María closed the store and started singing with us. We all sang and laughed until the sun hid behind the New York skyline. Then it was time to go. As we left El Barrio and Doña María waved good-bye to us, I couldn't help but think of you. I miss you, Abuelita!"

"I miss you too!" said her grandmother.

Estrellita glanced at the clock and said, "I have to go now, Abuelita. I promised Dad I was going to finish unpacking by the time he came home."

—Sí, mi amor. No te preocupes. Ahora que sé que estás segura y con salud, ¡soy muy feliz! —dijo Abuela dulcemente.

—¡Estoy contenta de que al fin pude hablar contigo, Abuelita! ¡Te llamaré la semana que entra para contarte todo sobre mi primer día de clases!

—¡Estaré esperando tu llamada! —dijo Abuela Panchita—. ¡Adiós, cariño!

—¡Adiós, Abuelita! Te quiero, —dijo Estrellita mientras colgaba el teléfono.

"Yes, my dear child. Don't worry. Now that I know you are safe and well, I'm very happy!" her grandmother said sweetly.

"I'm so glad I finally got to talk to you, Abuelita! I'll call you next week to tell you all about my first day of school!"

"I'll be waiting for your call!" said Grandma Panchita. "*Adiós*, my darling!"

"*Adiós*, Abuelita! I love you," said Estrellita as she hung up the phone.

Samuel Caraballo es el autor de varios libros infantiles, incluyendo *Estrellita se despide de su isla* (Piñata Books, 2002). Nació en Vieques, una pequeña y hermosa isla en las afueras de la costa este de Puerto Rico. Pasó muchos días de su niñez jugando en las colinas del campo y recogiendo mangos y guayabas, sus frutas tropicales favoritas. Ha dedicado muchos años a la enseñanza del español, su primer idioma, en varias escuelas públicas de los Estados Unidos. En la actualidad, vive en Virginia con su esposa y uno de sus hijos. Le fascina pintar, pescar y escribir poesía.

Samuel Caraballo is the author of several bilingual picture books for children, including *Estrellita Says Good-bye to Her Island* (Piñata Books, 2002). He was born in Vieques, a gorgeous tiny island located off the East Coast of Puerto Rico. He spent many of his childhood days playing in the countryside hills and picking mangos and guavas, his favorite tropical fruits. He has dedicated many years to teaching Spanish, his native language, in several public schools in the United States. He presently lives in Virginia with his wife and one of his children. He loves painting, fishing, and writing poetry.

Pablo Torrecilla ha ilustrado varios libros infantiles, incluyendo *El muumuu de Marina* (Piñata Books, 2001), *La señora de la panadería* (Piñata Books, 2001) y *Estrellita se despide de su isla* (Piñata Books, 2002). Nació en Madrid, España. Desde muy pequeño pintaba y dibujaba todo lo que veía. Ahora es profesor de arte e ilustrador y sus libros han sido publicados en Estados Unidos, Italia y España. Pasó algún tiempo en California, pero después regresó a Madrid donde ahora vive con su mujer y sus dos hijas, que son su constante fuente de inspiración. Junto a ellas disfruta de la buena música, el cine, la pintura y las excursiones en las montañas.

Pablo Torrecilla has illustrated several children's books, including *Marina's Muumuu* (Piñata Books, 2001), *The Bakery Lady* (Piñata Books, 2001) and *Estrellita Says Good-bye to Her Island* (Piñata Books, 2002). He was born in Madrid, Spain. As a child, he painted and drew everything he saw. He is now an art and illustration instructor and his books have been published in the United States, Italy, and Spain. He spent some time in California but moved back to Madrid, where he now lives with his wife and two daughters, who are his inspiration. With them he enjoys good music, films, painting, and walks in the mountains.